L. DUPLAIS

LES

NÉBULEUSES

PREMIÈRES POÉSIES

5o CENTIMES

ROYAN

IMPRIMERIE VICTOR BILLAUD

RUE ROCHEFORT

1880

LES NÉBULEUSES

L. DUPLAIS

LES

NÉBULEUSES

PREMIÈRES POÉSIES

50 CENTIMES

ROYAN

IMPRIMERIE VICTOR BILLAUD

RUE ROCHEFORT

1880

LA CHARITÉ

Qui me dira quelle est cette humble messagère
Dont le regard si doux console tour à tour
La veuve et l'orphelin ? Comme une ombre légère
Elle fuit, en laissant l'espérance et l'amour.

Es-tu l'ange des cieux, la divine Chimère
Dont chaque être, ici-bas, bénissant le retour,
Aime à se rappeler l'image passagère
Que les déshérités implorent chaque jour ?

D'où vient cet enivrant sourire, plein de charmes,
Qui berce la douleur et lui donne des armes
Pour lutter sûrement contre l'adversité ?

O pâle Vision..! Sainte Consolatrice !
Grand cœur naïf et pur, Ange du sacrifice,
Quel est ton nom ? — Enfant, je suis la Charité.

RETOUR DES CHAMPS

Le soleil, de ses feux, empourprait l'horizon.
L'insecte murmurait au milieu du gazon,
Et la douce colombe aux ailes argentées
Redisait tendrement ses notes veloutées ;
L'Angelus annonçait la prière du soir,
Et tous les moissonneurs, l'âme pleine d'espoir,
Revenaient en chantant. Or, Jeanne, la faneuse,
Lissa négligemment ses tresses, puis, joyeuse,
Elle reprit le bras de son naïf amant...
Ils revinrent tous deux enlacés, partageant
L'ivresse de leurs cœurs, infinie et profonde,
Séparés un instant des hommes et du monde.

A LUI

A Célestin S***

Te rappelles-tu le jour
Où ton âme, fraîche éclose,
Au calice d'une rose
Vint déclarer son amour ?

Ton bonheur fut éphémère ;
Quand vint l'heure des adieux,
Je vis tomber de tes yeux
A peine une larme amère.

Paris, avec ses plaisirs,
Ses courtisanes charmantes
Qui pour de l'or sont amantes,
Mit le comble à tes désirs.

Et, pour apaiser ta fièvre,
Tu t'abreuvas de ce fiel
Qui fit de la terre un ciel
En empoisonnant ta lèvre.

Lancé dans le tourbillon
Où l'âme cherche l'ivresse,
Tu récoltas la tristesse,
Fleur maudite du sillon.

Ah ! renais à l'Espérance,
Cette étoile des beaux jours,
Effaçant sur son parcours
Les heures de la souffrance.

Si tu rêves le tombeau,
Souviens-toi qu'inanimée
Gît la rose bien-aimée
Plus fragile qu'un roseau,

Car la mort, d'une aile sombre,
Et sans répandre de pleurs,
Enlève l'homme et les fleurs,
Dont il ne reste que l'ombre.

Et, fuyant vers d'autre cieux,
Où règne un profond mystère,
Elle fait à notre sphère
Ses ironiques adieux !!!

LISETTE

Te souviens-tu, Lisette,
Quand, seuls en ta chambrette,
Nous rêvions nuit et jour
De plaisir et d'amour.
Et quand pour toi, mignonne,
Je fis une couronne
Et deux jolis bouquets
De roses, de bluets ?
Moins frais que ton visage,
Ils ornaient ton corsage,
J'y penserai longtemps.
Hélas ! cet heureux temps
S'est enfui comme un songe.
Pour toi (souvent j'y songe),
L'amour ne fut qu'un jeu.
Ah ! tu m'aimas si peu ...
Va donc, belle inconstante,
Que ta grâce charmante
Rende ton amoureux

Plus que moi bienheureux !..
Avec lui, ma Lisette
Cueille la pâquerette,
Et puisse ton bonheur
Adoucir ma douleur.

J'ESPÈRE TOUJOURS

EN RÉPONSE A UNE POÉSIE INTITULÉE : AS-TU DÉJEUNÉ

A M. H. P.

Quand vous voulez rêver, dites donc, cher poète,
    Pourquoi, dans la sombre forêt,
Allez-vous écouter cette plainte secrète
    Qui tient votre cœur en arrêt.

Vous n'aimez pas, je sais, ces accents monotones,
    Cependant, à vous coudoyer,
N'avez-vous pas toujours ces riantes couronnes,
    Trésors intimes du foyer.

Le bonheur est un mot vague, quand il délaisse
    Le sentier fleuri de l'amour.
L'âme, sur son chemin, morne et triste, s'affaisse,
    N'ayant pu vivre qu'un seul jour.

Baisers, chastes élans, ardentes étincelles,
    Où donc êtes-vous ? Noble espoir,
Ah ! serez-vous pour moi les sources immortelles
    D'une ombre qui s'enfuit le soir ?

J'espèrerai toujours, car il est impossible
   Que la voix du pauvre Jacquot
Ne fasse point vibrer dans votre âme sensible
   Le bruit sourd d'un profond sanglot.

COURAGE, CONFIANCE

A Mme Alexandre Laffitte

Inclinez votre front sous le poids du malheur !
De même que le vent soulève la tempête,
Ainsi sur son chemin fait la sombre douleur,
Calme sous ses lambeaux comme en un jour de fête.

Il semble que la Mort, riant de l'amitié,
Promène son hideux spectre de la chaumière
Au palais, arrachant les fleurs que sans pitié
Ni soupirs elle rend à leur source première.

Sans trève ni souci, courant d'un pas certain,
Elle enleva d'abord le fils aîné, le père ;
Sous un ciel meurtrier, dans un pays lointain,
Sa faux vient de trancher l'existence d'un frère.

Ah ! pleurez noble cœur, tous ceux qui ne sont plus!
Le souvenir des morts, toujours plein de mystère,
Doit augmenter la foi pour ces heureux élus,
Placés par l'Eternel dans la céleste sphère.

La joie et le bonheur, souvent même l'amour,
Semblables à l'éclair qui sillonne la nue,
Ne sont pour l'exilé que le rêve d'un jour,
Brisé par le réveil. O douleur inconnue !

Fais entendre tes cris de deuil, de désespoir :
Jamais dans un grand cœur ne naît la défiance ;
Et c'est Dieu qui lui rend, simple et sublime espoir,
Ce pur rayon d'en haut, la sainte confiance.

QUATRAIN

A Mlle Adèle Kutt.

La rose jaune va mourir !...
Elle est déjà toute fanée
Mais je garde un bon souvenir
De vous, qui me l'avez donnée.

A ELLE

EN RECEVANT UNE FLEUR

Ton souvenir, mon adorée,
En m'arrivant tout parfumé
Sur l'aile brillante et dorée
D'un amour à peine exprimé,
Plonge mon cœur dans un délire
Profond. Laisse-moi m'enivrer
Sous le charme de ton sourire;
Ah ! laisse mon cœur se livrer
A la plus radieuse ivresse !
Noble regard si séducteur,
Source d'où jaillit la tendresse,
Sois mon ange consolateur !
Et toi, talisman d'espérance,
Prends ta place parmi les fleurs,
Sois le baume de la souffrance,
L'étoile écartant les malheurs.

JE VOUDRAIS MOURIR

Que fais-je sur la terre où tout s'évanouit
Au souffle de la Mort ! Les douces remembrances
Empreintes d'amour pur dorment dans mon esprit,
Et je sens que mon cœur ne vit plus d'espérances.

Si j'écoute parfois l'écho d'un tendre aveu
Que m'offre avec douceur ta lyre harmonieuse,
Comme un triste exilé, les yeux vers le ciel bleu,
Je pense à la patrie, étoile radieuse !

Quand j'entends résonner un glas, dans le lointain,
Disant à tous qu'un cœur ne souffre plus, j'envie
Ce bonheur annoncé par la voix de l'airain,
Et je dis: — O Dieu, prends donc aussi ma vie !

Ma pauvre âme est en proie aux tragiques douleurs.
Recouverte à jamais d'un voile de tristesse,
Et mes yeux, obscurcis et brûlés par les pleurs,
Se tournent vers la Mort, car je sens ma faiblesse...

L'ANGE DE L'ESPÉRANCE

A Edmée Parat

Oui, tout était plaisir et joie en la nature.
L'horizon se couvrait de feux étincelants ;
Dans la forêt, l'oiseau, mignonne créature,
Enivrait par ses chants joyeux et consolants.

Il revenait au nid apporter la pâture
Que les pauvres petits attendaient tout tremblants,
Quand soudain le mistral fit une sépulture
De cet Eden d'amour que berçaient tous les vents.

Ils allaient et venaient, dans l'ombre de la nuit.
Ramages gracieux, paix, bonheur, tout s'enfuit
Sur l'aile sombre et noire, hélas ! de la souffrance.

Dans un bosquet en fleur, parmi les frais lilas,
Une divine voix les consolait tout bas.
Ce chérubin était l'Ange de l'Espérance !

O CHRIST!...

O Christ ! pourquoi, sur cette terre,
Pourquoi me laisser tant souffrir
En me séparant de ma mère ;
Hélas ! bien sombre est l'avenir !

J'entends encor sa voix plaintive,
Et comme un luth harmonieux
Dont l'écho viendrait d'une rive,
Je la vois me parlant des cieux.

Enfant, me dit-elle, courage !
Va près de ma tombe, là-bas...
Va rêver sous le frais ombrage
Des noirs cyprès et des lilas.

Quand je te reverrai, mon âme
Tendre viendra sécher tes pleurs.
— Hélas ! nulle céleste flamme
Ne vient adoucir mes douleurs. —

.   .   .   .

Christ ! pourquoi me l'as-tu ravie,
Cette mère que j'adorais ?
Tu peux aussi prendre ma vie,
Et m'ensevelir à jamais.

LA VIE

La vie est un chemin dont les bords épineux
Blessent toute âme humaine au seuil de l'existence,
Et ce n'est qu'au tombeau que s'endort la souffrance,
Enveloppant nos corps d'un rayon lumineux.

Avant d'abandonner l'exil plein de mystères
Dans lequel nous vivons, l'homme veut recueillir
Ces parfums enivrants qui le font tressaillir
Comme une sensitive aux charmes éphémères.

De même que l'abeille, il butine le miel
Aux calices des fleurs ; chaque corolle éclose
Qu'agite le zéphir est pour lui songe rose.
Il dort comme un enfant sur le sein maternel.

C'est alors que son cœur, plein d'élans, de tendresse,
S'abreuve de plaisirs et, sans aucun détour,
Prend et vide à longs traits cette coupe d'amour,
Absorbant sa liqueur dans une sainte ivresse.

Le bonheur n'est qu'un mot d'où naît la passion.
Le passé, le présent montrent que sur la terre
Rien n'est durable, comme au chêne le lierre.
L'amour et l'amitié ne sont qu'illusion !...

CONSOLATION

A la mémoire de mon aïeule vénérée.

Je suis seul, isolé, versant de bien longs pleurs.
La mort, en m'enlevant celle qui fut ma mère,
Couvre mon horizon de lugubres couleurs,
N'offrant à mes regards qu'une souffrance amère.

Mon cœur sommeillera tout près de ce tombeau,
Près de ce marbre blanc où veille ma pensée,
Et sur le bord duquel vient gazouiller l'oiseau,
Ranimant par son chant ma pauvre âme brisée !...

Le vent, hélas ! se mêle au bruit de mes sanglots.
O mon Dieu, quand tout vit dans la belle nature,
Pourquoi donc soulever le murmure des flots,
Pourquoi soumettre l'âme au fer de la torture ?

Mais j'entends une voix, céleste écho du Ciel,
Qui vient me consoler, adoucir ma souffrance,
En me disant bien haut : « Le bonheur éternel
Sera toujours, enfant, sa douce récompense.

A CORINNE

Quand l'heure du départ, celle des longs adieux,
Aura sonné pour nous, tu laisseras la France,
Le cœur rempli de joie et l'âme d'espérance,
Semblable à ces oiseaux qui planent vers les cieux.

Mais, en quittant le nid, tes lèvres purpurines
Sauront se souvenir de ces baisers d'amour,
De ces chants de bonheur, t'enivrant nuit et jour
Comme le doux parfum des fraîches églantines.

Tu rêves un ciel pur, une douce amitié,
Le calme, le repos. — Au-dessus de ta tête
Tu ne veux plus entendre et l'horrible tempête
Et le vent du malheur qui souffle sans pitié.

Sois donc heureuse, amie, et puisse ta pensée,
De même que l'oiseau quand renaît le printemps,
Venir près de mon cœur, y rester si longtemps
Qu'elle recueille, un jour, mon âme trépassée !...

A UN POÈTE

RÉPONSE A UN SONNET

Ah ! qu'une épouse est une douce chose !
Quand à vingt ans on traverse les bois
En effeuillant le bouton et la rose,
Ah ! qu'une épouse est une douce chose !
Sur cet écrin où la lèvre dépose
Un long baiser, que l'écho dit trois fois :
Ah ! qu'une épouse est une douce chose !
Quand à vingt ans on traverse les bois.

LÉGENDE DU CHATEAU DE JOUY

A Mademoiselle Henriette de Launay

Salut, ruines solitaires,
Tombeaux et murs silencieux,
A vous tous, chênes séculaires,
A vous nos chants mélodieux.

Dans tes murailles pantelantes,
Jadis, de nobles cavaliers,
Pour des aventures galantes
Réunissaient les chevaliers.
Alors gentille damoiselle,
Qui rayonnait sous ses atours
Comme une légère gazelle,
Ecoutait leurs tendres discours.

Salut, ruines solitaires,
Tombeaux et murs silencieux !
A vous tous, chênes séculaires,
A vous nos chants mélodieux.

Quand, hélas ! par une nuit sombre,
Auprès du manoir Diamant,
On vit s'enfuir au loin dans l'ombre
La belle au bras de son amant.
La noble fille de Grivelle,
Sur la cavale du seigneur
De Jouy, la douce Isabelle
Cherchait le chemin du bonheur.

Salut, ruines solitaires,
Tombeaux et murs silencieux !
A vous tous, chênes séculaires,
A vous nos chants mélodieux.

La guerre alors fut déclarée
Et Jouy résistait toujours.
La place fut enfin livrée.
L'incendie, en suivant son cours,
Brisa leur naïve espérance.
Se voyant perdus sans retour,
Dans un fol accès de démence
Ils s'élancèrent d'une tour !...

Salut, ruines solitaires,
Tombeaux et murs silencieux !
A vous tous, chênes séculaires,
A vous nos chants mélodieux.

Et maintenant on dit encore
Que chaque soir, quand vient minuit,
On aperçoit jusqu'à l'aurore
Un feu céleste qui s'enfuit !...
Je n'en crois rien, Mademoiselle,
Mais il me reste un souvenir,
Celui d'avoir, sous la tonnelle,
Chanté selon votre désir :

Salut, ruines solitaires,
Tombeaux et murs silencieux !
A vous tous, chênes séculaires,
A vous nos chants mélodieux.

A MADAME ***

Quand ton regard divin enveloppe mon âme
Et que tout près de moi je sens battre ton cœur,
Je voudrais pouvoir dire à tous : Voici la femme
Que j'adore ici-bas, dont j'attends le bonheur.

C'est toi qui, nuit et jour, me couvre de caresses
Et de baisers ardents ; tes pleurs mystérieux
Forment ainsi sur terre un ciel rempli d'ivresses,
De chastes voluptés, d'accents mélodieux.

Et je bois à longs traits, sur tes lèvres pourprées,
Cette douce ambroisie aux charmes délirants
Qui m'enivre à jamais, car leurs flammes sacrées
Éclairent ma raison de mille feux brillants.

SOUVENIR

Quand l'éclair sillonne la nue,
Je sens mon être frissonner.
Loin de moi j'entends résonner
L'écho d'une foudre inconnue.

La tempête, dans sa fureur,
Va, détruisant tout sur la terre.
Aux chênes, il reste le lierre,
Comme le souvenir au cœur.

Mais pourquoi donc suis-je si triste ?
Il est loin, mon premier printemps.
Les oiseaux chanteront longtemps
Encore, et mon âme s'attriste.

Près de moi, tout vit et renaît
Sous le souffle de l'Espérance.
Tout s'anime avec confiance. —
Un rayon de bonheur paraît.

Comme le flot bleu dont la rive
Reçoit les amoureux baisers ;
Mon âme, pleine de pensers,
Est une vague fugitive.

Sensible aux doux parfums des fleurs,
Je viens demander à la rose,
Dont la corolle est fraîche éclose,
L'apaisement de mes douleurs.

Mais, hélas ! rien dans la nature,
L'amitié pas plus que l'amour,
N'effacera dans un seul jour
Les larmes d'une sépulture !...

J'AIME

A ***

J'aime le printemps, les fleurs,
Et la source qui murmure ;
Mais je préfère tes pleurs
Aux beautés de la nature.

J'aime le gazouillement
D'une gentille fauvette ;
Mais tu dis plus tendrement
Ta naïve chansonnette.

J'aime à rêver tout le jour
Aux frais parfums de la rose
Qui sut m'enivrer d'amour
Alors qu'elle était éclose.

J'aime encor mieux ton baiser,
Mon adorable maîtresse,
Car lui seul peut apaiser
De mon cœur toute l'ivresse.

A ELLE

Si tu savais, chère maîtresse,
Combien ton souvenir m'est doux,
Tu me permettrais à genoux
De te parler avec tendresse.

Je bénis l'aurore du jour
Qui voulut m'offrir l'Espérance ;
Et ma raison, dans sa démence,
Rêve sans cesse à ton amour.

Plus fraîche encor qu'une églantine,
Tu m'apparais dès mon réveil :
Je te vois, rayon de soleil,
O pure étincelle divine !

Mais, comme un triste moissonneur,
Je m'arrête au bord de la vie,
Glanant toujours sans nulle envie
Les gerbes d'or d'un faux bonheur.

TABLE

www.ingramcontent.com/pod-product-compliance
Lightning Source LLC
Chambersburg PA
CBHW060859180626
46818CB00004B/1781